ख़्वाहिशें

अखिल बालोरिया

Book*Squirrel* Publication

ख़्वाहिशें

Book*Squirrel* Publication

Regd. Under MSME Act.

"ख़्वाहिशें"

By: अखिल बालोरिया

ISBN: 978-93-89557-03-9

Hindi Poetry

1st Edition

Cover: Mr_Ash

<u>अस्वीकरण</u>

यह किताब एक कल्पना है। मैंने (लेखक ने) पुस्तक साहित्यिक चोरी से मुक्त सामग्री को संपादित करने और उस पर अंकुश लगाने की कोशिश की है। इस पुस्तक के सभी उद्धरण और लेख अद्वितीय हैं। किसी भी साहित्यिक चोरी के मामले में, प्रकाशक जिम्मेदार नहीं है। केवल लेखक ही सामग्री के लिए पूरी तरह से जिम्मेदार होगा।

स्वीकृति

इस पुस्तक का निर्माण बिना समय के संभव नहीं होता। यह वह समय है जो मुझे हमेशा सांस लेना और जीना सिखाता है।

इन सबसे ऊपर, इस परियोजना में मेरा समर्थन करने के लिए मेरे माता-पिता और दोस्तों को हार्दिक धन्यवाद।

मैं आशुतोष दास के नेतृत्व वाली BookSquirrel प्रकाशन के लिए आभारी हूं जिनके बिना यह परियोजना संभव नहीं होगी।

<u>**Special Thanks to -**</u>

<u>**Ramchandra Baloria**</u>

<u>**Janki Devi**</u>

<u>**Jayda Mehar**</u>

अखिल बालोरिया

अखिल बलोरिया। पेशे से वह एक अकाउंटेंट है। लेकिन दिल से वह एक कलाकार है, जो पेंट और यात्रा करना पसंद करता है। लिखने के लिए वह सोचता है कि लिखना सिखाया नहीं जा सकता, यह अनुभव से विकसित होता है।

Email- akhilbaloria5@gmail.com

Instagram- @akhil_baloria25

“ इश्क़, प्यार, दोस्ती, कभी भी बुरी नहीं होती तो
मैं क्यों इसको बुरा कहूँ?

ये मेरा है और सिर्फ मेरा।
और मेरा प्यार सबसे अच्छा है।
हाँ कुछ सवाल है, मगर मैं किसी से क्यों पुछु ?
लेकिन इन सवालों , जवाबों और बातों को कहना
जरूरी है।“

"फर्क"

इंसा ही तो हैं , ये फर्क
क्यों किया हैं ?
रंग ही तो हैं , मज़हब ने क्या किया हैं!
इंसा ही तो हैं........

रोटी एक ही तो है ,
बोटी ने क्या किया हैं?
थाली एक ही तो हैं ,
भूख ने क्या किया हैं?
इंसा ही तो हैं , ये फर्क क्यों किया हैं ?

रंग खून का एक ही तो है ,
दिलों ने क्या किया है?
साथ ही तो हैं ,
इश्क़ ने क्या किया हैं?
इंसा ही तो हैं , ये फर्क क्यों किया हैं ?

कोई झुक कर , कोई जोड़ कर किया करते
है,
तरीकों ने क्या किया हैं?
दुआ - अरदास एक ही तो हैं ,
खुदा ने क्या किया हैं?
इंसा ही तो हैं , ये फर्क क्यों किया हैं?

धातु एक तो है ,
बारूद ने क्या किया हैं?
मकसद चाहें अलग क्यों न सही ,
सरहदों ने क्या किया हैं?

इंसा ही तो हैं , ये फर्क क्यों किया हैं ?

"एक ख़्वाब"

" माना तुझे तो, सोचा खुदा मिला,
ना मुझे खुदा मिला, न मुझे तू मिला।"

"मेरा एहसास"

" मैंने कहा बस!
तो तुझे बुरा लगा ,
कोई मेरे एहसास से तो पूछो ,
की उसको कैसा लगा "

"राह"

इंतज़ार की ये राह है,
उस राह का इंतज़ार है।

हर मोड़ पर वो राह है....

कदमों का गुनाह नहीं,
उस राह के ये निशाँ हैं।

राहगीरों से भरी ये राह हैं ,
साथ ना हो फ़िर भी कहने की ये बात हैं।

ठंडी छाया में खड़े हम हर बार हैं,
गर्म हवा ने छूआ हर ख़्वाब है.

इंतज़ार की ये राह है,
उस राह का इंतज़ार है।

"एक सड़क"

एक सड़क के दो किनारे ,

एक दायाँ एक बाया ...

समझ में कुछ ना आया।
किसी की परछाई किसी का साया।

जिस किनारे चला ,
उसी का साथ था पाया।

एक सड़क के दो किनारे ,
एक दायाँ एक बाया...

"एक शाम"

एक शाम ,
जब छूआ मेरे होंठों ने ,
मेरे आंसुओं के नमक को,
उस दिन पता चला कि ,
ज़िन्दगी थोड़ी नमकीन भी होती है..

"मेरा रिश्ता"

हम पहले प्यार हुए, फिर यार हुए,
और फिर एक दिन अचानक ! हम सिर्फ
लोग हुए.....

"मेरा काम...."

मुझे डर लगा रहता था ,
तुझे हर वक़्त खोने का, (२)
तू डराती रही, मैं डरता रहा. ...

आँखों में आँखें मिला कर बात किया करता था मैं
,
तू नज़रें चुरा लिया करती थी, (२)
तू चोरी करती रही, मैं रोशनी खोता गया. ...

बात बदलना तो कोई तुझसे सीखें ,
जब भी मैं मन की बात किया करता था, (२)
तू बदलती रही, मैं बात करता रहा.....

इनकार तू हर बार करती रही ,
 जब भी मांगा एक पल मिलने को, (२)
तू इनकार करती रही, मैं पल खोता रहा.....

तूने रखा तराजू मैं मुझको सब के साथ ,
अपनी ही अदालत में , (२)
तू फैसला सुनाती रहीं , मैं सज़ा पाता रहा..
मैं सज़ा पाता रहा..........

"मेरा इंतज़ार"

ना ख़त हुआ,
ना पैग़ाम हुआ,
ऐसी दोस्ती की थी ,
की हर रोज़ सिर्फ इंतज़ार हुआ

"तेरा साथ"

तू साथ तो दे,
 देखना सब अच्छा ही होगा,

हाँ ! पहले भी अच्छा ही था मगर,
फिर , और भी बहुत अच्छा ही होगा.......

"ये ही क्यों?"

जुगनू हूँ,
दिन में भी रहता हूँ,
रात में , क्यों? निहारा है।

टूटता तारा हूँ,
में भी टूटा हूँ,
रात में, क्यों? संभाला है।

चाँद हूँ,
अमावस को भी आया हूँ ,
पूनम को क्या? सराहा है।

नज़र हूँ,
सोच, तुम्हारी थी हमेशा,
बुरी, मुझे क्यों ? पुकारा है।

दुआ तो तुमने भी की होगी कभी,
सिर्फ, तुमको क्यों? सवार हैं।

"तू ही बता,"

अब तू ही बता की क्या मैं कहूँ तुझको।

दिल की बात मैं , अब कर नहीं सकता ,
सिर्फ दोस्ती मैं , अब रख नहीं सकता,
बुरा क्यों कहूँ मैं , तुझको ,
अब तू ही बता की क्या मैं कहूँ तुझको।

मिलने को मैं , अब कह नहीं सकता ,
सिर्फ बात किए बग़ैर मैं , रह नहीं सकता ,
नजरंदाज , क्यों करूँ मैं , तुझको,
अब तू ही बता की क्या मैं कहूँ तुझको।

वादे मैं , अब निभा नहीं सकता,
तेरी कसमों को तोड़ भी नहीं सकता ,
याद, क्यों न करूँ मैं , तुझको,
अब तू ही बता की क्या मैं कहूँ तुझको।

क़यामत , के रोज़ अगर वो पुछेगा मुझको ,
क्या ? कहूँगा मैं उसको ,
कि ये आखिरी तोहफ़ा हैं कबूल मुझको,
अब तू ही बता की क्या मैं कहूँ तुझको।

एक रौशनी

एक रौशनी जब अँधेरे से आती है,
तो, चुभती सी लगती हैं।

सोचता हूँ, कि हाथ बढ़ाऊँ या बोलूँ,
की दुर से तू अच्छी नहीं लगती है।

"एक ज़माना"

वो पूछते है की,
कभी इश्क़ किया भी है?
मैंने कहा,
जनाब, ज़हर पिया भी हैं,
और पिलाया भी है।

"मुझे चहिए"

खाली आसमां है मेरे ऊपर,

मुझे उसमें चमकते तारे भी चाहिए,

साथ तो सब है मेरे,

तेरा साथ भी मुझे चाहिए।

क्षितिज पर आए काले बादल है मगर,

मुझे उसमें पानी की हल्की बौछार भी

चाहिए,

खुशियाँ तो पहले भी कबूल थी मगर,

तेरे बुलाने का इंतज़ार मुझे चाहिए।

पतझड़ में पत्ते तो बहुत घीरे है मगर,

मुझे फूलों की राहे भी चाहिए,

ज़ख़्मों के दर्द तो आज भी है मगर,

तेरे होने का एहसास मुझे चाहिए।

"राह"

इंतज़ार की ये राह है,
उस राह का इंतज़ार है.
हर मोड़ पर वह राह है।

कदमों का गुनाह नहीं ,
उस राह के ये निशान हैं।

राहगीरों से भरी ये राह है,
साथ न हो , फिर भी ये कहने की बात हैं ,
हरी , छाया में खड़े हम हर बार हैं,
गर्म हवा ने छूआ हर ख्वाब है।

इंतज़ार की ये राह है,
उस राह का इंतज़ार है।

"अकेला हूँ मैं,"

खुशियों का शोर, कानों में चुभता है जब,
घर के अँधेरे कोने में , बैठा रहता हूँ मैं।
क्योंकि , अकेला हूँ मैं.......

मुसाफिरों की तैयारी से जलता हूँ मैं ,
बंद सूटकेसो की साँसे सुनता हूँ मैं।
क्योंकि , अकेला हूँ मैं.......
हर न्यौते को ठुकराना आता है मुझको,
हर दवात से मन चुराना आता है मुझको,
अपने मन से घुटा हूँ मैं।
क्योंकि , अकेला हूँ मैं.......
जाते हुए हर शख़्स ने पुकारा है मुझको,
कंकड़ समझ कर ठुकराया था जिनको,
आज , खुद के कदमों पर रोया हूँ मैं।
क्योंकि , अकेला हूँ मैं.......

अपनों से घिरा पाया था ख़ुद को , चाहे ख़ुशी हो
या ग़म।
थामा तेरा हाथ उनका छोड़कर ,
इसीलिए ,अकेला हूँ मैं॥

"उनकी बातें"

साबित कर बैठे है ,
वो!
बंद दरवाजों की बातों को। २

ऐलान हमारे ,
गुमसुम , चुप चाप , मायूस !
बन बैठे है।

शर्म से दोस्ती ,
होने लगी है हमारी , २

लानत से दोस्ती ,
छूटने लगी है उनसे।

साबित कर बैठे है ,
वो!
बंद दरवाजों की बातों को। २

"मेरा आँगन"

ये बात है उस समय की जब एक तरफ
आज़ादी का जश्न था तो एक तरफ बहुत
कुछ छीन जाने कर ग़म। ..
एक छोटा सा बच्चा जो अपनों से बिछड़
गया है जब उसका सामना हुआ उन आँखों
से तो कुछ इस तरह बात हुई होगी...
उन आँखों ने कहा उससे। .

तू इधर का है तो इधर रह जा , उधर का
तो उधर चला जा....
बच्चा मुस्कराया बोला,
... कि अब बस... ठहर जा...
अब बस ठहर जा....

.

आँखों को अपना काम करना था वह वापस
बोली और इस बार २ सवालों के साथ.

वजूद क्या है तेरा ? क्या तू ये बताएगा ?
चला जा यहाँ न तू रह पाएगा.....

बच्चे के लिए ये शब्द बड़े थे मगर वह
बोला। ...

बिछड़ गया हूँ अपनों से बस यही मैं बता
पाऊँगा, आंगन है ये मेरा मैं दूर न इससे रह
पाऊँगा।

 आंगन है ये मेरा मैं दूर न इससे रह
पाऊँगा। ...

"वो खेल"

वो खेल जो हम दोनों ने खेला था,
वो खेल बेहद पुराना था।

मैंने, खेल उसी दिन छोड़ दिया, (२)
जिस दिन खेल मुझे ही समझा था।

कुछ कसमें वादे, हज़ार किए,
कुछ मैंने , कुछ उसने।

क्यों ?, ये सवाल मैं पुछा करता था ,

मैंने ! सवाल पूछना ही छोड़ दिया (२)
जिस दिन सवाल मुझे ही समझा था।

रोती हुई आँखों को ,कंधा मैं दिया करता था,
आँसुओं की उस नमी में, कभी पाया मैंने
खुद को।

रोना !, उसी दिन छोड़ दिया ,(२)
जिस दिन पाया रोता ,अकेला खुद को।

हम दोनों ढूंढा करते थे , एक दूसरे की
महफ़िलों में खुद को,
कोसा करते थे , जहां ना पाते एक दूसरे
को।

मैंने , उन महफ़िलों को उसी दिन छोड़
दिया।, (२)
जहां पाया मैंने , उसको !

हर juice के गिलास को share हम किया
करते थे,
हर bite और height पर जाया हम करते
थे।

मैंने ! वो गिलास ही छोड़ दिया (२)
जिस दिन straw मुझे ही समझा था।
हर दर्दे , हर ज़र्रे को लाँघ कर जाया करता
था,
मैं , मिलने उसको।

कभी कदमों की तकलीफ , महसूस ना होने
दी उसको ,
मैंने ! उन दर्रा से दोस्ती कर ली , (२)
जिन दर्रा ने दर्द दिया था मुझको .....

"मेरा ख़त"

एक खत मेरी इज़्ज़त को.....

तेरे लिए क्या खोया,
एक शख़्स, एक समय ,एक वो कोई जिसके
लिए सब कुछ था..
या कुछ भी नहीं।

खोया वो इंतजार, वो अकेलापन, वो घुटन
जो हर वक़्त थीं ...
या कुछ भी नहीं।

खोई वो चुभन, वो ताने , वो आवाज़ें जो हर
वक़्त थी....
या कुछ भी नहीं।

खोए वो आँसू, वो कंपकंपाहट, वो ठंडी हवा
जो हर तरफ़ थी....
या कुछ भी नहीं।

खोए वो झूठे वादे, वो कसमें, वो सिर्फ और
सिर्फ बातें जो हर बार की....
या कुछ भी नहीं।

खोया वो डर, वो झुंझलाहट, वो फिक्र जो हर
बार थी.....
या कुछ भी नहीं।

खोया सिर्फ खोया, मैंने तेरे लिए...
मेरी इज़्ज़त।

"हाँ."

हाँ, ही तो हैं, किया क्या है ?
जिस्म ही तो हैं ,
एहसास ने किया क्या है ?
हाँ, ही तो हैं, किया क्या है ?

पानी ही तो है, आंसुओं ने किया है?
आवाज़ ही तो है,
गुजारिशों ने किया क्या है ?
हाँ, ही तो हैं, किया क्या है ?

साथ ही तो है , फिक्र ने किया क्या है ?
"लगा" ही तो है, जज़्बात ने किया क्या है?
हाँ, ही तो हैं, किया क्या है ?

डर ही तो है, फिक्र ने किया क्या है ?
देखा ही तो है, कोशिशों ने किया क्या है ?
हाँ, ही तो हैं, किया क्या है ?

बातें ही तो है, वादों ने किया क्या है?
सवाल ही तो है, जवाबों ने किया क्या है?
हाँ, ही तो हैं, किया क्या है ?

सहारा ही तो है, मजबूरी ने किया क्या है?
मंज़ूरी, तेरी भी तो थी। फिर चाहे हाँ , ही
कहा। ...
हाँ , ने किया क्या है ?

"अफ़वाह हों तुम।"

होती नहीं हों कही भी लेकिन ,
निशां रहते है सब जगह पर तेरे।

दिखती नहीं हों लेकिन ,
जिक्र करते हैं सब तेरे।

कुछ हुआ तो ख़बर हों तुम,
और अगर कुछ ना हुआ तो , अफ़वाह हों
तुम।

"अधूरी ख्वाहिश"

एक ख्वाहिश दिल में है ऐसा
जिसे पूरा करने का तलब था,
एक ख्वाहिश है अधूरा
जिसकी चाहतों में ये लब था,
मेरी उल्फत थी कि पाऊं
उसको सोने से पहले,
लफ्ज़ बेचारा था हलक पे
एक बार तो कह लें ॥

वो ख्वाहिशें तो आयी बाहर
पर आँख थक के सो गया ।
लफ्ज़ हलक पे रहा ना ठहरा
पर नींद हावी हो गया ॥

वो जो शाम मिला था
मुझे अनचाहा सा
मेरे नाउम्मीदी के बाद भी ।
जब धोखे में था कि
है नई सुबह मेरी,
मुझे याद है वो आज भी ॥

बीता हुआ वो कल नहीं मेरा,
बस बीत गया मेरा आज है ।
वो बात मेरे जो सोने से पहले की
मुझे नींद में भी याद है ॥

डर था मुझको कि
मेरी कल की सुबह
जाने कैसा पल लाए ।
बस एक बार जब
मैं सोता तो मुझे
सुकून वाला नींद आए ॥

वो आवाज, वो लम्हे,
जो एक बार फिर दोबारा
मेरे मन में फिर एक बार
बस आखरी बार गूंज जाता ।
बेखौफ होकर मैं अपने
कल की फिक्र को भूल
आज रात तो सुकून से
कम से कम सो पाता ॥

क्या पता, कल का सुबह कैसा हो !
क्या पता, कल हो भी या ना हो !
कम से कम जो था उस तो जी लेता ।
कम से कम मैं उसे तो जी लेता ॥

"पिता के नाम पत्र"

आज सुबह जब मैं आँखें खोली,
बस एक ही चीज को मैं सबसे पहले टटोली,
ढूंढी मैं आपके हाथों के छाँव को,
पापा मेरे कदमों को चलना सिखाते आपके
पाँव को॥

एक-एक कदम, एक-एक लम्हा
चलना मैंने है आपसे सीखा।
हर मुश्किल को डटकर सामना करना
और आगे बढ़ना मैंने है आपसे सीखा।

मेरे मन में यह ईर्षा पनप रही है
कि करूँ कुछ मैं आपके लिए।
आपसे ज़िद्द कर, विरोध करके भी
करूँ कुछ मैं आपके लिए।

आप मेरे जन्मदाता हो।
आप ही मेरे भाग्य विधाता हो।
मैं जो कुछ भी हूँ, आपके बदौलत हूँ।
मैं करूँ कुछ ऐसा,
जो आपको गौरवान्वित कर जाता हो॥

मेरे पहले साँस से मुझे पाला-पोसा,
मुझे मेरे पैरो पर चलना सिखाया।
मुझे इस जिंदगी के चका-चौंध में
मुझे मेरे जिंदगी के रास्ते दिखाया।

आपको शायद यह मेरी पागलपन लगे।
लोग शायद आपको यह मेरी आवारापन कहे।
सब को शायद यह गुस्सा दिला जाता हो।
पर मैं करूँ कुछ ऐसा,
जो आपको गौरवान्वित कर जाता हो॥

ख़्वाहिशें

आप ही मेरी जिंदगी के फैसले लें
आप ही मुझे मेरे सुनहरा भविष्य दें।
आप ही के बताए रास्ते पर मैं चलूँ।
पर उस रास्ते को सँवारने के साथ-साथ
सजाने का काम मैं खुद से करूँ।

आपने जो मुझे चलना सिखाया
तो अब मैं खुद के पैरो पर चलना चाहती हूँ।
आपने जो मुझे रास्ते दिखाए,
अब मैं अपने दम पर
उन रास्तों में आगे बढ़ना चाहती हूँ॥

मेरे पहले साँस से मुझे पाला-पोसा,
मुझे मेरे पैरो पर चलना सिखाया।
मैं क्या दूँ जो आपके परवरिश का मोल
चुकाऊँ !
पर मैं आपके लिए कुछ करना चाहती हूँ॥

आप मेरे लिए हमसफर ढूंढना,

मेरे जज़्बातों का हमकदर ढूंढना।
वो आपके पसंद के जैसा हो,
चाहे गोरा हो या काला हो,
चाहे लंबा हो या नाटा हो।
वो जैसा हो, हो आपकी पसंद का।
उसका आचरण हो आपके मन का।

आप जो भी करते हो मेरे लिए,
मेरे लिए वह अच्छा ही होता है।
आपका हर एक फैसला मेरे लिए अच्छा है,
मुझे आप पर भरोसा होता है॥

जब मैं आप सब से बिछड़ूँ,
अपने इन कदमों से आपसे दूर चलूँ,
मुझे आपने अपना प्यार दिया हो,
मुझे एक भविष्य दिया हो,
मैं जाते-जाते आपको गौरवान्वित करूँ,
शादी के खर्चे सारे मैं ख़ुद से भरूँ।

ख़्वाहिशें

आपको शायद यह मेरी पागलपन लगे।
लोग शायद आपको यह मेरी आवारापन कहे।
सब को शायद यह गुस्सा दिला जाता हो।
पर मैं करूँ कुछ ऐसा,
जो आपको गौरवान्वित कर जाता हो॥

जब मैं आप सब से बिछड़ूँ,
अपने इन कदमों से आपसे दूर चलूँ,
मैं जाते-जाते आपको गौरवान्वित करूँ,
शादी के खर्चे सारे मैं ख़ुद से भरूँ।
बस फिक्र है मेरी तो मुझे इस लायक बना दो
कि जिन्दगी की जरूरतों को खुद से मैं पूरा करूँ॥

"अलविदा मेरे हमसफ़र"

हम चले जा रहे है
अब उनके नज़रों से बहुत दूर...,
जिनकी रगो में हमारे होने से
खलिश हो जाया करती थी।
बढ़ जाती थीं दिल की धड़कनें
और तेज हो जाती थी सांसें...,
जिनकी इस हालत को देखकर
मेरी धड़कन थम सी जाया करती थी॥

ख़ुश रहना मेरे बाद
मुझे चोरी छिपे निगाहों से देखने वाला...
जो पड़ते ही मेरी नजर
नजरें हटा लिया करते थे।
उन्हें हैरत थी कि
हम उन्हें देखते थे बेगैरत से भी नहीं...
अरे पराई चीज़ों में नजरे लगाना
हमारे संस्कार में नहीं थे॥

ख़्वाहिशें

हां तकल्लुफ नहीं किया था
दो शब्द उनके तारीफ में कहकर...
ज़रूर इस दिल को उस दिल की
थोड़ा तो कद्र हुआ होगा।
मगर कम्बख़त इस छोटी सी खता की
इतनी परवाह कर बैठे वो...
जमाने के ताने से हमें बचाने की कोशिश की
तो यार थोड़ा तो अपनापन जरूर रहा होगा॥

एक उनके दिल की हालत थी
और एक मेरे दिल की हालत थी...
वो करते थे कद्र हमारी गैरो के बीच भी
मगर हम तो बस कद्र अपनी ही किया करते थे।
माना की अहसास था इस दिल को
उस दिल की क्या हालत थी...
मगर समझते थे कि नहीं वो अपने दिल को
इस बात की फिक्र हम भी तो किया करते थे॥

यूं महफ़िल में होकर
किसी के ख्वाबों में खो जाना...
ये तो अच्छा नहीं होता
किसी के बिना महफ़िल फिका लगने लगे।
अरे हम भी नहीं चाहते

ख़्वाहिशें

कि किसी को ना पा पाने के बाद...
उसे किसी और के पास देख
उसकी तौहीन करने लगे॥

तो खुश रहना बढ़ के आगे
बिछड़ कर अपनी राहों में तुम...
यूं समझ लेना कि बस
इतने ही पल के लिए हमसफ़र थे दोनों।
याद रखना बस यादों को
और एहसासों को तुम भूल जाना...
जगाना इन्हें फिर से तो किसी और के लिए
शायद ना आए हम अब कभी एक दूसरे के नजर में
दोनों॥

"क्या पता है तुम्हें"

जो खोये खोये से रहते हो तुम,
मुझसे कुछ न कहते हो तुम,
क्या पता है तुम्हें, मैं कितना तड़पता हूँ ?
कितना मैं बेचैन हो जाता हूँ...

तुम्हारी सिसकती हुई साँसों को
जब मेरी कानें महसूस करती है,
क्या पता है तुम्हें, मैं कितना तड़पता हूँ ?
कितना मैं बेचैन हो जाता हूँ...

तुम्हारी मुस्कुराहट उदासी में जब बदलता है,
खिलखिलाहट में सन्नाटा घर करता है,
क्या पता है तुम्हें, मैं कितना तड़पता हूँ ?
कितना मैं बेचैन हो जाता हूँ...

ख़्वाहिशें

बस एक मेहरबानी तुम हुज़ूर कर दो,
बना लो मुझे अपना या खुद से दूर कर दो।
यूँ ही तड़पता रहूँ या फिर होऊँ मैं बेचैन,
इसलिए यह तुम जरूर कर दो...

मैं डूब जाऊँ तुम्हारी ख्वाबों में,
या खो जाऊँ तुम्हारी यादों में,
इस से पहले कि मैं खुद को खो दूँ।
इसलिए यह तुम जरूर कर दो...

"ऐ दिल समझ"

दिल कह रहा एक बार फिर से भींग लूँ।
अपने आँसुओं को गिरते बूंदों के साथ बहा
दूँ।
बहा दूँ वो समंदर, जो मुझे उभरने नहीं दे
रहा।
भुला दूँ वह बीता कल, जो आगे बढ़ने नहीं
दे रहा॥

लेकिन ऐ दिल तू ये बता,
अगर मैं बीती यादों को भुला दूँ,
क्या तू मचलना छोड़ देगा ?
जब तुझे अहसास होता है,
कोई नहीं है तेरा अपना,
क्या इन्हें दोहराना छोड़ देगा ?

तेरे गम के खातिर नहीं
बस अपनी उमंग के खातिर
मुझे तू आज फिर भींगने दे।
जानता हूँ तकलीफ होती है तुझे
पर यही तो है तेरी मीठी यादें
इसलिए मेरे पास रहने दे।

तू गम ना कर किसी के खोने का।
बस यह सोच कि कितना हसीन था वो पल।
तुझे खुद को समय के साथ ढलना सिखना
है।
शायद आज से ज्यादा भयावह हो कल॥

"अधूरी चाहतें"

कल गया मैं फिर एक बार उन्हीं गलियारों
में।
जीने को एक बार फिर से अपने यारों में॥
सब मिले, बस तुम ना मिले।
मैं तुम में फिर से खो गया।
अपने कद्रदानों के बीच भी, फिर से तुम्हारा
हो गया॥

कभी-कभी लगता है मैंने गलती की हो जैसे।
आदत खुद को दोषी मानने की बन गई हो
जैसे॥
लगता है मैंने गुनाह किया।
सितम मैंने बेपनाह किया।
खुद को तुमसे, तुमको खुद से दूर किया॥

लेकिन एक बात कहूँ, तुम खुश हो तो मैं
खुश हूँ।
तुम्हारी जिंदगी को खुशनुमा देखकर, हाँ मैं
खुश हूँ॥
तुम हमेशा खिलखिलाती रहो।
हमेशा यूँ ही मुसकुराती रहो।
अपने दिल खुश करने वाले राग, अपनों को
सुनाती रहो॥

मेरे जीवन में खुशनुमा पल ही कितने थे !
बहार लाने वाले हमारे जीवन में कल ही
कितने थे !!
मैं तो यूं ही चल रहा हूँ।
समय के साथ ढल रहा हूँ।
और अपने किस्मत को बदलने की कोशिश
कर रहा हूँ॥

तुम सपना ना देखो लौट आने का।
फिर से हमारे रास्ते एक बार एक हो जाने
का॥
हमारी मंजिले अलग हैं।
हमारी चाहते अलग हैं।
पाकर अपने सपनों को, राहतें अलग हैं॥

देखो ना, तुम्हारे पास हँसता-खेलता जिंदगी
है।
इस जिंदगी को जीने का तुम्हारे पास बेखुदी
है॥
मैं तो अब भी हारा हुआ हूँ।
हार के आँसू मैं पी रहा।
उम्मीद में सब कुछ ठीक हो जाने का, मैं
जी रहा॥

ये जो हमारे अपने हैं ना, पागलपन कर रहे
हैं।
हमारे बीच जो कुछ था, उसे दीवानापन कह

रहे है॥
हमने कभी आशिक़ी नहीं की।
एक दूसरे से दिल्लगी नहीं की।
संग जीने-मरने, साथ चलने की कोई कसमें-
वादे नहीं की॥

तुम जीयों अपनी जिंदगी, मैं जीयूँ अपनी
जिंदगी।
तुम खुश रहो हमेशा, मैं करूंगा बंदगी॥
तुम हमेशा खिलखिलाती रहो।
हमेशा यूँ ही मुस्कुराती रहो।
अपने दिल खुश करने वाले राग, अपनों को
सुनाती रहो॥

कल फिर मैं अगर जाऊँ उन्हीं गलियारों में।
जीने को एक बार फिर से अपने यारों में॥
सब मिले, और तुम ना मिलो...
मैं फिर से तुम में खो जाऊंगा।
अपने कद्रदानों के बीच भी, मैं फिर से

तुम्हारा हो जाऊंगा॥

तुम जीयों अपनी जिंदगी, मैं करूंगा बंदगी।
मिलने की फिर से अगर आ भी जाए
बेखुदी॥
तुम हमेशा खिलखिलाती रहो।
हमेशा यूँ ही मुस्कुराती रहो।
अपने दिल खुश करने वाले राग, अपनों को
सुनाती रहो॥

"याद तुम्हारा"

अब भी जब लम्हा ठहर सा जाता हैं ,
करता रहता हूँ मैं दीदार तुम्हारा ।
तुम चले गये छोड़ कर यादें अपनी ,
जो बताती है हर पल कि हूँ

अब भी तुम्हारा ।।

बह जाने दे जज़्बातों को अल्फाज बनके
साँसो से ,
जो याद दिलाता रहता है एतबार तुम्हारा ।
ना दोषी थे तुम , ना रोक पाया अपनी
बेरुखी को ,
दिल दुःखाता चला गया मैं
खुद ही तुम्हारा ।।

ख़्वाहिशें

अभी भी दिल की महफिल में जब गम के
बादल छाते हैं ,
मुझे लाना होता है आँखों में बस एक झलक
तुम्हारा ।
याद करके तेरे चेहरे को हम अब भी खुश हो
जाते हैं ,
दिल को शायद मेरे हैं,

बस इंतजार तुम्हारा ।।
ना कसमें थे , ना वादे थे ,
ना संग जीने-मरने के कोई इरादे थे ।
अब अलग-अलग है राहें अपनी ,
पर राह तकता हूँ हर बार तुम्हारा ।।

क्या चीज हो यार मुझको बता दो ,
बता दो मेरी हर एक खता को ।
कोसना चाहता हूँ तुझको , पर कभी कोस
नहीं पाता हूँ ,
कैसा है ये असर मुझपर अब भी तुम्हारा ।।

"मैंने माफ किया"

वो ख्वाब मेरे हैं धुँधले से,
जो साफ नजर ना आता है ।
परछाई नजर तो आती हैं,
पहचान समझ ना आता है ।।

हाँ डूब के दरिया में मैं भी,
बह कर सागर तक चल जाऊँ ।
ना जान बची है साँसो की,
ना चाह अब जीने का आता हैं ।।

जो नूर हुआ करते थे आँखों के ,
वो आँसू बहाकर चले गये ।
ना लोग वफा के काबिल रहें,
ना दिल कहीं अब लग पाता हैं ।।

लेकर जीने की चाहत को ,
तन्हाई में लोगों को छोड़ हैं देते ।

ख़्वाहिशें

हे ईश्वर तू इतना ना सता,
मानव वजह समझ ना पाता हैं ।।
हूँ अगर मैं खान से निकला हीरा,
या चुराया हुआ समुद्र से मोती ।
तोड़ा जाऊँगा मैं भी बारीकी से,
जैसे बाकी सब तराशा जाता हैं ।।

ना उसकी खता ना मेरी खता,
दोष है तो सिर्फ समय का ।
जब रिश्ता आपस का बिगड़ जाता हैं,
तब इंसान संजोग समझ पाता हैं ।।

वो गये मुझे दर्द हुआ,
आँखें नम हुई और आँसू भी छलके ।
उसे माफ किया तो सबको माफी मिली,
सबके रूखे पन की वजह, समझ में जो आया
है।।

"नकली दोस्त"

तूम हो यहाँ, मैं हूँ यहाँ,
ना तेरा हूँ मैं, ना मेरे तूम ।
साथ चल रहा रास्ता हमारा,
अलग-अलग हो जायेगा गूम ।।

पास भी आए और न दोस्त बनें,
हंस के दो-चार बातें भी की ।
मैंने कहा अपनी और तूमने कहा अपनी ,
फिर भी ना तेरा मैं और ना मेरे तूम ।।

उड़ जायेगा वो परिंदा ,
जो घूमते हुए है मुझ तक आया ।
मुझे कहता है कि संग चलूँ उसके ,
तय है मुझे वह समझ न पाया ।।

ख़्वाहिशें

उसकी फितरत में हैं घूमना ,
आज यहाँ तो कल कहाँ ।
मुझसे कहता है कि ले जायेगा मुझको ,
साथ लेकर वह रहता हैं जहाँ ।।

मेरी हरकत पसंद नहीं तो ,
मुझसे दूर ही रहा कर ऐ दोस्त ।
क्योंकि ना कभी बदलूँगा मैं ,
और ना कभी मानोगे तूम ।।

"समझने की कोशिश करो"

सोचता था तुम मिलोगे, कुछ ना कुछ तुम
बातें भी करोगे ।
मानोगे तुम मेरा कहना, और कभी दिल
तोड़कर चले जाओगे ।

जाना था तो चले जाओ, पर अपनी यादों को
भी साथ ले जाओ ।
नफरत में तुझे कभी याद ना करूँ, इसलिए
मुझसे झगड़ते जाओ ।

तुम्हारे बोले हुए मीठी बातें, याद तो मुझे
बहुत आयेगी ।
तुम्हारा याद भले ही ना तड़पाये, तुम्हारी
कमी जरूर सतायेगी ।

याद भी ना करूँ इसलिए मुझे ना तड़पाना,
दूरी मैं सह जाऊँ इसलिए बस थोड़ा-थोड़ा
सताना ।

भूल गया था मैं कि तुम मुझे नहीं हो
चाहते,
चलो जाते-जाते कम से कम झूठा प्यार ही
जताते ।

समझना कितना मुश्किल हैं कि तुम मुझे
चाहते नहीं,
हमेशा यह लगता हैं कि तूम मुझसे बस
कहते नहीं ।

अरे ये तो मेरा दिल है कि ऐसे में भी तुमपे
भरोसा करता हूँ ,
जा मुझसे दूर हो जा ,तुझे मैं अपनी दोस्ती
से आजाद करता हूँ ।

"करो नई शुरुआत"

कहाँ गया तुम्हारा खिलखिलाता चेहरा..,
वो मुस्कान जिसमें मैं खो जाता था ?
क्यूँ सूना है तुम्हारी सपनों की दुनिया..,
ये आँखें जिनमें कभी मैं खो जाता था ?

तुम हँसती थी तो हँसी में मैं
अपने दुःखों को भूल जाता था।
तुम्हारी आँखों से झलके सपनों में मैं
अपने आप को भूल जाता था॥

तुम्हारे माथे पे बन रही चिंतना की लकीरों
से
कितना बेचैन मैं होने लगा हूँ।
तुम्हारे होंठों की उदासी को देखने के बाद
मैं अपनी खुशी को खोने लगा हूँ॥

क्यूँ तड़प रही हो तुम इस कदर जान..,
आओ न तुम्हारे दिल को मैं सुकून देता हूँ।
क्या हो गया अगर कुछ खो दिया है तुमने..,
आओ न तुमको मैं फिर से पाने की जुनून
देता हूँ॥

क्या करोगी तुम यूँ ही मायूस बैठे रहकर ?
आओ न मिलकर फिर से एक सफर शुरू
करते हैं।
फिर चली जाना तुम अपने रास्ते में...।
आखिर क्यूँ लोग नई शुरुआत करने से डरते
हैं !!

"आखरी बचे लम्हों में जीते हैं "

आसमां में गरजता बादल
और चमकता हुआ बिजली
जब थम गए।
रिमझिम बरसता पानी
जब बूँदा-बूंदी बन गए।
एक छोटा सा बच्चा
आगे आकार कहा-
चलो इस कीचड़ में उछलते हैं।
चलो इस आखरी बचे लम्हों में जीते हैं॥

दिन भर का काम करते-करते
जिम्मेदारियों को माथे पे ढोते-ढोते
जब शाम हुए।
नजरों के सामने पेश
चखना और जाम हुए।

एक थका-हारा इंसान
बोतल उठाकर कहा-
चलो दो घूँट इस शराब को पीते हैं।
चलो इस आखरी बचे लम्हों में जीते हैं॥

पाल-पोसकर बड़ा करने के बाद
समय एक अच्छे जीवनसाथी के साथ
भेजने का हुआ।
अपने फूल जैसे सँवारे बच्चे को
खुद से जुदा करने का हुआ।
अपने आँसुओं को छिपाकर
एक पिता ने कहा-
चलो यह जुदाई का पल
खुशी-खुशी विदा करते हैं।
चलो इस आखरी बचे लम्हों में जीते हैं॥

एक खट्टा-मीठा जिंदगी के बाद
धीरे-धीरे आता हुआ बुढापा
हावी होने लगा।

ख़्वाहिशें

जिंदगी के आखरी पड़ाव के साथ
अंत भी करीब आने लगा।
कमजोरी में ढलते हुए
एक बूढ़े ने कहा-
दो पल नन्हे-मुन्ने बच्चों के साथ खेलते हैं।
चलो इस आखरी बचे लम्हों में जीते हैं॥

एक लंबा समय साथ बिताकर
एक-दूसरे से बिछड़ने का समय
जब करीब आया।
शायद फिर कभी भी न मिलने की
मन में अचानक खयाल समाया।
मेरे कंधे में हाथ रखकर
एक दोस्त ने कहा-
आखिर बिखरने के लिए ही तो फूल खिलते
हैं।
चलो इस आखरी बचे लम्हों में जीते हैं॥

www.ingramcontent.com/pod-product-compliance
Lightning Source LLC
Chambersburg PA
CBHW051454140726
47987CB00006B/2699